VENTE PAR SUITE DE DÉCÈS

BON MOBILIER

ANCIEN ET DE STYLE

BEAUX

BRONZES d'ART & d'AMEUBLEMENT

Porcelaines Européennes, de la Chine et du Japon

SCULPTURES

MEUBLES ANCIENS

COMMISSAIRES-PRISEURS

Mᵉ G. DUCHESNE   **Mᵉ E. BOUDIN**
Rue de Hanovre, nº 6   Rue de Richelieu, nº 102

PARIS — 1900

IMPRIMERIE MAULDE ET RENOU

MAULDE, DOUMENC & Cⁱᵉ

IMPRIMEURS DE LA COMPAGNIE DES COMMISSAIRES-PRISEURS

Rue de Rivoli, 144

CATALOGUE

D'UN

BON MOBILIER

ANCIEN & DE STYLE

Anciennes Porcelaines de Chine et du Japon

Beaux Bronzes d'Art et d'Ameublement

Pendule d'applique Louis XIV

PAIRE DE BEAUX VASES EN PORCELAINE MONTÉS EN BRONZE

GARNITURES DE CHEMINÉES ET DE FOYER

MEUBLES ANCIENS — MARBRES

MEUBLES COURANTS, SIÈGES ET OBJETS DIVERS

RIDEAUX, TAPIS, LITERIE, FOURRURES

PORCELAINE, VERRERIE, BATTERIE DE CUISINE

VINS FINS & ORDINAIRES

DONT LA VENTE, PAR SUITE DE DÉCÈS, AURA LIEU

HOTEL DROUOT — SALLE N° 2

Les Mardi 10, Mercredi 11 et Jeudi 12 Juillet 1900, à 2 heures

COMMISSAIRES-PRISEURS

Mᵉ G. DUCHESNE	Mᵉ E. BOUDIN
Rue de Hanovre, n° 6	Rue de Richelieu, n° 102

EXPOSITION PUBLIQUE

Le Lundi 9 Juillet 1900, de 2 heures à 6 heures

PARIS — 1900

CONDITIONS DE LA VENTE

Elle sera faite au comptant.

Les acquéreurs paieront CINQ CENTIMES PAR FRANC en sus des adjudications.

Aucune réclamation ne sera reçue une fois l'adjudication prononcée.

MAULDE, DOUMENC et Cⁱᵒ, imp. de la Cⁱᵉ des Commissaires-Priseurs, rue de Rivoli, 144   400—90275

Désignation

PENDULES ET BRONZES

1 — Belle Pendule Louis XIV sur socle-applique
en marqueterie de cuivre et d'écaille, garni-
tures de bronzes représentant des dieux ma-
rins, chutes à mascarons et feuillages, enca-
drements, cul-de-lampe quadrillé ; elle est
couronnée d'une figurine du Temps. Signée
CHAMPION, à Paris.

2 — Garniture de cheminée en bronze doré et à
patine brune, composée d'une pendule et de
deux girandoles : la pendule est formée d'un
groupe d'enfants supportant le globe terrestre ;
les girandoles, chacune d'une statuette d'enfant tenant le bouquet de lumières.

3 — Paire de Lampes formées chacune d'un vase
en bronze, anses à figurines et décor de bas-
reliefs présentant des groupes d'amours. Style
Louis XVI. Socles en marbre.

4 — Statuette d'Euterpe en bronze, patine brune, de la maison BARBEDIENNE.

5 — Candélabre à deux lumières en bronze, patine verte, orné d'une figure de Silène.

6 — Pendule en marbre vert de mer ornée d'une frise en bronze argenté, surmontée d'une statuette de Pénélope en bronze argenté.

7 — Paire de Chenets en bronze doré, modèle à vases et médaillons à bustes d'hommes.

8 — Pendule formée par un fût de colonne, en marbre rouge surmonté d'un buste d'enfant en bronze.

9 — Brûle-Parfums en forme de chiens de Fô, en ancien bronze de la Chine.

10 — Brûle-Parfums tripode et à deux anses, en ancien bronze de la Chine, couvercle ajouré.

11 — Paire de Vases sur piédouches, à couvercles en bronze incrusté d'or. Travail oriental.

12 — Jardinière rectangulaire en bronze chinois incrusté d'argent, anses à branchages, décor de grecque et de lambrequins.

13 — Chien assis, en bronze, de FRÉMIET.

14 — Quatre Flambeaux en bronze doré, à écussons et coquilles.

15 — Paire de Flambeaux en bronze doré, à figures de coqs.

16 — Paire de Girandoles à cinq lumières en cuivre décoré de petits godrons.

17 — Lustre-Lampadaire en cuivre poli, style flamand, garni de quatre lampes disposées pour le gaz.

18 — Grand Lustre en bronze orné de cristaux.

19 — Deux Bras d'appliques en bronze et cristaux.

20 — Paire de Chenets en cuivre poli. Style Louis XIII.

21 — Pendule en bois noir et marqueterie d'étain, bas-relief et cadran en cuivre.

22 — Paire de Candélabres à trois branches en cuivre poli.

23 — Deux Porte-Bouquets en cristal, supportés par des trépieds en bronze à têtes de lions.

24 — Paire de Flambeaux en bronze doré de style Louis XVI.

25 — Surtout de table composé de huit coupes en cristal sur pieds en bronze argenté et doré.

26 — Lampe de parquet en fer forgé avec lampe en cuivre.

27 — Coupe sur pied ajouré en cuivre jaune avec bande ciselée.

28 — Lampe juive en cuivre poli.

29 — Groupe de Vierge et Enfant en bronze argenté.

30 — Lustre en bronze à vingt lumières.

31 — Coq chantant dressé sur un panier, bronze à patine de A. CAIN.

32 — Porte-Allumettes formé par un sanglier en métal argenté.

33 — Paire de Chenets en bronze doré à brûle-parfums posés sur des consoles. Style Louis XVI.

SCULPTURES, PORCELAINES, FAIENCES
OBJETS DIVERS

34 — Simulacre d'Aiguière en marbre blanc, décor à mascarons et guirlandes de fleurs.

35 — Simulacre de vase en marbre blanc à décor de feuilles.

36 — Coupe ronde sur piédouche, en porphyre.

37 — Coupe sur piédouche en marbre de couleur.

38 — Coupe sur piédouche en onyx, monture en bronze.

39 — Paire de Gaines plaquées de marbre de couleur.

40 — Deux Fûts de colonnes cylindriques en marbre vert de mer.

41 — Deux Fûts de colonnes en marbre de couleur.

42 — Paire de grands Vases en porcelaine à couverte flambée violet, anses mascarons, col à gorge et piédouche en bronze ciselé et doré.

43 — Potiche à pans en vieux Japon, décor polychrome avec col et socle en bronze doré.

44 — Cinq petites Potiches ajourées en porcelaine du Japon, décor d'oiseaux.

45 — Potiche à pans en vieux Japon, décor bleu, rouge et or.

46 — Potiche à pans en vieux Japon, décor polychrome.

47 — Jardinière en faïence japonaise, monture en bronze doré de style chinois.

48 — Vase piriforme à col droit et piédouche en ancienne porcelaine de Chine, décor à personnages.

49 — Deux Vases rouleaux en ancienne porcelaine de Chine, décor à personnages en bleu.

50 — Deux Vases en ancien émail cloisonné de Chine, décor de rinceaux sur fond bleu turquoise, monture en bronze doré de style chinois.

51 — Service à dessert en porcelaine de Chine, à décor bleu, composé d'environ 120 pièces.

52 — Huit Assiettes variées en ancienne porcelaine du Japon.

53 — Buste de Marie-Antoinette en biscuit de Sèvres, socle en porcelaine bléu et or.

54 — Coffret en laque de Pékin.

55 — Ecran en bois dur ajouré, décor de rinceaux. Travail chinois.

56 — Grand verre gravé décoré de vaisseaux avec légende hollandaise, xviie siècle.

57 — Boîte en bois sculpté. Travail chinois.

58 — Coupe ronde sur piédouche en ancien verre de Venise incolore à décor de nervures en spirales, bordure et filets bleus.

59 — Deux mortiers en bronze ancien.

60 — Deux plats en cuivre repoussé présentant l'Agneau Pascal.

61 — Boîte ronde à couvercle en émail cloisonné de Chine fond bleu.

62 — Vase en émail cloisonné de Chine fond bleu turquoise.

63 — Deux Porte-Bouquets en grès de Chine, décor flambé, personnages et crabes.

64 — Petit Hanap et Présentoir en biscuit de de Wedgwood, décoration en blanc sur fond bleu.

65 — Service à liqueurs en verre de Bohême fond jaune composé de deux flacons, un plateau et onze verres.

66 — Quatre Flacons et quinze verres à liqueurs en cristal taillé et doré.

67 — Vase de forme ovoïde en faïence italienne, décor à médaillons, anses à serpents, cariatides et mascarons.

68 — Bannette en ancienne faïence de Sinceny décorée au centre d'une corbeille fleurie, bordure quadrillée.

69 — Ecritoire en porcelaine de Chine à décor bleu.

70 — Personnage chinois en grès de Chine.

71 — Tapis de table en tapisserie d'Aubusson.

72 — Dessus de piano en soie brochée à fleurs sur fond vert.

73 — Grande Carpette de Smyrne fond rouge.

74 — Décoration de croisée en peluche bleue.

MEUBLES

75 — Secrétaire en marqueterie de bois rose et palissandre à dessus de marbre époque Louis XVI.

75 bis — Table-bureau de forme cintrée en racine de noyer.

76 — Ecran en bois noir sculpté partiellement doré, feuille en tapisserie au point du temps de Louis XV, décor de personnages et de fleurs.

77 — Bureau en marqueterie de bois de couleur avec incrustations d'os, petit corps supérieur à porte et tiroirs, pieds tors reliés par un croisillon.

78 — Petit Cabinet en bois noir avec incrustations d'ivoire. Epoque Louis XIII.

79 — Meuble Cabinet en bois noir gravé, ouvrant à une porte, l'intérieur garni de nombreux tiroirs, tout en marqueterie, sur table support en bois noir à colonnes torses.

80 — Commode en marqueterie de bois rose et palissandre, ornée de bronze à dessus de marbre. Époque Louis XV.

81 — Petite Table de nuit en bois rose et marqueterie de bois à dessus de marbre. Époque Louis XVI.

82 — Commode Louis XVI, devant à abattant en marqueterie de bois à vases, rinceaux et médaillon à personnages.

83 — Petite Table à trois tiroirs en acajou à moulures de cuivre. Époque Louis XVI.

84 — Trois Fauteuils en bois sculpté, peint blanc, garnis de canne. Époque Louis XV.

85 — Cabinet italien en bois noir fileté d'ivoire et plaqué d'écaille sur table support à colonnettes.

86 — Meuble de salon style Louis XV. en bois doré, couvert en satin broché à fleurs et rubans en blanc sur fond bleu pâle, composé de quatre Canapés et quatre Fauteuils.

87 — Six Chaises légères en bois laqué, blanc et doré, couvertes en même étoffe que le meuble précédent.

88 — Deux décorations de croisées assorties aux meubles précédents.

89 — Deux Tables à jeu en marqueterie de bois et bois rose, ornées de bronze. Style Louis XV.

90 — Meuble d'entre-deux en marqueterie de cuivre et d'étain, orné de bronze, dessus en marbre blanc.

91 — Table support en bois noir à dessus de marbre rouge. Style chinois.

92 — Ameublement de salle à manger en bois noir, composé de : Un Buffet à deux corps, le haut vitré à quatre portes, une Table sur un seul pied, et quatorze Chaises garnies en cuir jaune.

93 — Meuble d'entre-deux en marqueterie de bois, palissandre et bois rose, orné de bronzes, dessus en marbre blanc, de style Louis XV.

94 — Guéridon dans le goût du meuble précédent.

95 — Petite Table contournée, analogue aux meubles précédents.

96 — Table forme rognon de même travail.

97 — Table en noyer sur quatre pieds sculptés, reliés par une entrejambe.

98 — Table console en bois sculpté et doré, de style Louis XIV à dessus de marbre blanc.

99 — Guéridon ovale sur pied en bois sculpté et doré.

100 — Glace avec cadre en bois sculpté et doré, partie en glace; fronton à consoles et ornements style Louis XIV.

101 — Deux Fauteuils en noyer recouverts en velours frappé fond brun.

102 — Grande Armoire à quatre portes, dont deux à glaces, en bois noir incrusté de cuivre, ornements en bronze.

MEUBLES COURANTS

Armoires à glaces et à portes pleines, Toilettes, Toilettes-Commodes, Chiffonniers, Tables, Consoles, Porte-Manteaux, etc., en bois laqué, palissandre, chêne, acajou, bois noir et noyer.

Chaise longue, Fauteuils, Sièges divers garnis et cannés.

Rideaux, Tapis, Literie.

FOURRURES

Cinq Manchons en loutre, Astrakan, Chinchilla, Martre, etc.

Trois Manteaux en vigogne et peluche garnis d'astrakan et chinchilla.

Jaquette d'astrakan, etc.

Porcelaine, Verrerie, bonne Batterie de cuisine.

Chambres de Domestiques.

Environ 250 bouteilles de vins fins et ordinaires.